レテ／移動祝祭日

小俵鱚太

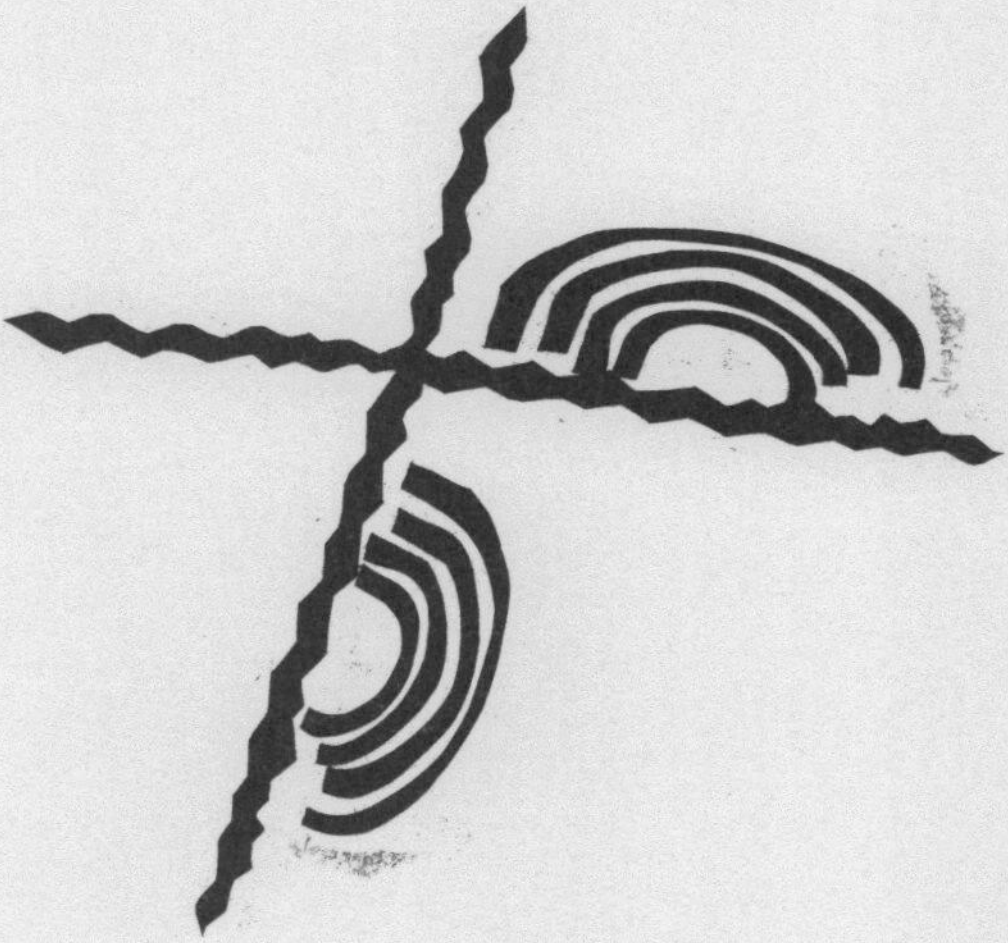

書肆侃侃房

レテ／移動祝祭日＊もくじ

レテ／移動祝祭日

小俵鱚太

I

レテ

レテ　それはかんぺきな夏。それはまた the very best みたいなやつだ

飛び石の連休をゆくトロッコの園児がいつもよりも少ない

郷土史家になると母へ告ぐ夢の待ちきれなくてするループタイ

目覚めたら泣く夢ばかりつぎつぎに見せて五月の昼寝はこわい

しなくても良い前泊に夜の窓あけてビジネスホテルの季節

もし蛇が居るなら王だオオアレチノギクがやけに伸びた空き地の

焼き鯖を骨抜きにする手を見つつ逢う日は雨でも良いかとおもう

ジャムでしか見たことのないルバーブに出会う気持ちでオフ会へゆく

「許せないですか？」と前に向き直るエアコン業者にたじろいだ夏

水筒の氷の揺れてやわらかく鳴る寺町の鐘が生まれる

夭逝、と書けば生まれる七月の孤独なひかりを泳ぐカゲロウ

梅雨晴れの人差し指で撃つ真似をアガパンサスや立葵に向け

この子の目、真珠なのかと黒目なき失明犬を抱く夏の朝

ＹＲＰ野比には何があるのかとただ見にゆけばふたりの暮らし

「肉野菜炒め、良いよね」「良いよね」って　左にずっと川のきらきら

耳の穴のサイズは生まれたときのままらしいね、からの横顔祭り

猫老いて店主も老いてどちらかが死ぬまでつづく瀬戸物屋さん

たましいのつぼみに見えたギャルの持つお椀が爪に囲まれていて

セグウェイに芝刈り機能が付いている近未来など想像する午後

「明朗」の朗ですという人と会い割り勘にした夏のいちにち

四季めぐりきみのスカートひと通り見たという自負、自負だとおもう

潮風とレモンドーナツ　観覧車で生まれた人はいるのだろうか

フランス人はちょっと待ってと云うときに「2秒」や「2分」と云う　そのラテン性

たぶん斜視なんだとおもう友の子に手を引かれつつ浜へおりゆく

ほそながい熱帯魚だと渡されるわずかに湿る線香花火

ベランダの夜にやもりと佇んでたがいに気付かぬ振りをしていた

真夜中のターコイズ・ブルー、誰かしたいいねが昨日を光らせている

壁じゅうがメニューだらけの居酒屋はハムエッグなど頼みたくなる

海ぶどうプチプチ食べて寄り添えば透きとおりゆく馴染みの無口

手放しで坂をくだって自転車の少年いまだ死は異国なり

les《レ》 anges《ザンジュ》とは天使の複数形だから時にイナゴの群れ飛ぶように

ロトンヌ

ロトンヌと唱えれば空から消える入道雲やライチの匂い

迷い子を保護する夢で川べりをあるく「海まで行こうか」なんて

逆向きに時間の流れているような九月ひとりのコインランドリー

台風の入りぐちに居てにおう川　傘にエコバッグをぶら下げて

アーケードのある町は善、きみと行く荒天こその刺身居酒屋

ピーマンをくり抜いてからおもむろにコップになるな、とおもい　してみる

一時期だけ母が土曜によく出したツナ炒飯をおぼえてる舌

ほおずきの生る庭で聴くその家を引っ越す前のしずかなすべて

椅子の背に手を掛けながら笑む秋の写真館での長男として

「チームから抜けてもらう」と一度なら逆光のなか云われてみたい

負けてから優しくなった先輩とストレッチをする十月の朝

ヤドリギのぽつぽつとある森を抜け様方住所のあなたへ文を

「バラード」は長い散歩という意味の仏語でもありゆっくりあるく

色っぽい、と不謹慎にもおもったな一本腕のサラリーマン見て

石段の長さにあえぐ団体がカナダの人だとリュックでわかる

プチじゃないマルエッへゆく秋晴れを金木犀の旅と名付けて

金木犀を嗅ぐすずしさにおもいだす河合塾に通っていたこと

二等辺三角形のほそながくチーズ売り場に数学の秋

間の悪い男かおれは。測量士ふたりの仲を裂かねばならず

空港は旅に浮かれる人のため天井が高く造られている

いまもなおピアノを弾いていると知る動画サイトにきみだけの指

夕映えのトラットリアを焦らしつつ目指す散歩にかがやける水

海に向く青いベンチに陽は射して森永ミルクの文字剝げてゆく

「ちょっとだけ持っててくれる?」と渡されたカバンが重くてまた好きになる

突然に告白されて後ずさりピアノに当たったときに鳴る音

イチョウ葉はときおり靴を滑らせてときおりタイムリープをさせる

月餅の餡の重さにたじろげば中華街とは魔界の入りぐち

托卵はなにも盗んでいないのにすべて盗んだインパクトがある

下肥えたチンゲンサイを手に載せる晩秋すべての重力は増し

日没の七分前の青を購う文房具屋では紳士になれる

枯れ葉踏む音にラング・ド・シャが交じる気の沈むとき耳は研がれて

リヴェール

リヴェールの川沿う木々に葉はなくて「日なた歩こう」会話それだけ

泣きながら終電に乗りこむ人のやはり落としたストール、冬の

握力を測る機械に見えたけどトイ・プードルと繋がっていた

電卓をぐらぐらとする場所で使いその不快さを身に叩き込む

練り物の中のうずらにたどり着く前歯を冬のフォワードにして

カーテンを開けたのにまた落ちてゆく短い夢に会うひとがいる

歯医者ゆく抜けた青空ミンティアをしゃかしゃかいわすくらいの早足

借りたまま返せなかった小説が触れろとさわぐ冬の朝陽に

爪に火を　いいえ爪には緋を点す落ち合ってから触れるそれまで

観たあとで映画の話をするように火を見るたびに過去を話した

別れ際にふとつめたさを見せるひと沈没船の銀貨の貌の

三つある五徳が蟹に見えてきてそのひとつから憎まれている

コーヒーにすこしの油膜　若さとは朝は誰ともしゃべらないこと

善人じゃないと気づいて人生はようやく冬の薔薇に追いつく

師走には増える寄り道まっすぐに落ちる葉はなくそのようにして

上等なシュークリームをふたつ購う佳き冬の日は足るを知るのみ

免許証更新のときだけに乗る路線がかつてをそのままなぞる

シーラカンスあるある云いたいクリスマスあたりに捕れることが多いと

マフラーにおのれの匂い染みついて携帯できる巣穴だこれは

来年の手帳を買えばもうどこか更地のような気持ちの師走

内省をうながすようなキッチンの真冬の朝の　点火していく

馬の背に湯気立ちのぼるイメージが早朝家を発つときにある

言の葉に枯れ葉を交ぜて重くないことだけしゃべる冬のデニーズ

熱量《カロリー》は錠剤にすらちゃんとありつめたい人の手があたたかい

転校を何度もしたという人が改札を抜け振り向かずに去る

このごろは白が好きよと仲直りしたひとと行く冬のビストロ

触れるなら耳たぶからと決めたから手も繋がない夜の倒錯

鳥葬はありだとおもう酢に濡れた箸で餃子の羽根を剝がして

石灰が蛇口にこびりつくまでの時間の重くわが顔をみる

銀蓋のつめたく触れて投函と云うが冬ほど落とすが近い

誰も触らぬ路地裏の猫とかになりたいとあなたは云うけれど

ル・プランタン

ル・プランタン　ずっと遠くへゆくバスの最後はわたしひとりが座る

地下鉄の出口をのぼるとき気づく春の兆しは肌色なのか

醒めぎわに誘われた気がする夢の木で造られた駅にいるきみ

パスタを折って茹でるときにおもうのは毛利元就の三本の矢

早退をしたら家路は新鮮で熱でぼやけた春を見ていた

春にひく風邪はさみしい　真鰯の群れのターンに置き去りにされて

夢だから告白できる汀にてあり得ぬほどの桜貝散る

間取り図に見惚れていたら暗くなる部屋でパソコンだけがまばゆい

慎ましくないのだろうな十年に一度だけ咲く花の匂いは

スイスには安楽死できる場所があり何故か湖畔と決めつけていた

客死するための旅かと人生をおもう　洋酒に描かれた船

咲きそうな夜更けがきれい、寝過ごして知らない街の二車線道路

鱗のない魚が恥を知るように独りと気づく花の季節は

謎のシャンプーいくつも並び伊豆の大浴場に来たわたしとおもう

まだ帰りたくない犬が道に伏せやがていっしょにしゃがむ飼い主

傘につく花びら濡らし行くべきはあかるい午後のデンタルオフィス

詩ごころを失くした罪でシベリアへ渡るマガモはみどりが混じる

「この蜂は刺さない蜂」と教えたい、紅く燃え立つつつじの頃に

地下鉄が川をまたいでいることは勇気をくれる　いまさらだけど

ギュスターヴ・カイユボットの絵のなかでずっとカンナをかける青年

ちょっと良いポン酢を買えば良い帰路で春の宵など俯瞰しながら

早咲きのつつじの丘で百歳の振りするきみと午後を寄り添う

二年空けてまた火のついたその恋を〈鳳凰編〉と呼んでいたこと

客船は逃げ出すための小舟などねむらせていて強く惹かれる

「帆船《ほふね》」という苗字の有るか知らないが有れば良いなとテラスに座る

満月を半月にする夜行バス　６Ｐチーズをつぎつぎ食べて

先輩の家で麻雀した朝のだるい四人はロの字にねむる

板長の孤独のような黄砂ふる夜の麻婆豆腐を揺らす

一光年、という遠さをおもいつつわたしは食べるのが遅いひと

ベランダへ風雨の運んだ砂つぶのこれが塩なら豊かになれる

引っ越しの朝からっぽの部屋を撮る塵が陽に舞うのを意識して

II

水無月、満ちる

どくだみの白、白すぎて早鐘をはじめる胸に満ちる水無月

自転車を教えてあげる幼児から少女に変わったきみの手足に

ミニアイス五十八円。ヤオコーのさかな売り場を見学してのち

狐さんにお参りしよう立葵をこわい。おばけ。と怯む手を引き

日没を横切る鳥の影たちを街路樹が呑む　水無月、満ちる

ドッペルゲンガー

十月はよく死んでいる蜂がいてまじまじ見れることがうれしい

白バイの待ち伏せしてる交差点あるいて渡るのが恥ずかしい

日曜日にはまた会えるそれまでにシューキーパーを五回挿し込む

家系の海苔でライスを巻けば雨みえないくらい細く降る町

敷設したきり使われぬ鉄道をときどきおもう、比喩とかじゃなく

金木犀まだうっすらと逆上がりできなくなったわたしが教える

犬歯まだ伸びないねえと覗き込むと躊躇いもなく見せてくれるね

なぜ知っているのドッペルゲンガーをパパもそういうのが好きだった

樹に雲に子が見るおばけ　もしパパがドッペルゲンガーだったらどうする？

それぞれが佳い枝を持ち水鳥をかぞえる　冬はもっと増えるよ

朝と植物園

亡き王女のためのパヴァーヌ聴きながら朝に認めて悼む冬の死

北風と太陽の寓話でおもうのは勝負の道具にされる旅人

ハルの持つ記憶のはじめはなんだろうわたしは冬の狛犬だけど

ホトケノザとヒメオドリコソウを教えればこっちは王子なんだねと云う

週末に会う父として、サバイバル先生として自然を見せる

よくハルは「そしたらパパは救ける？」と訊く　誘拐をされる設定で

生き延びて欲しくて見せるどの道もくだると黒目川に着くこと

さくら葉にシロツメクサを乗せてから川へ流してアメリカまでの

満開の指定喫煙所は清し　わたしはカラスノエンドウも見る

帰社をして鞄を置けば花びらがふせんみたいにデスクへ滑る

ひとり異動ひとり退職した部署に社史編纂室のごとく窓辺は

二リットルペットボトルを直飲みでいくときひとり暮らしとおもう

アガパンサス色のこころは六月の朝だけにあり　和紙の手ざわり

多動の子にもみなニコニコと対処できる支援クラスの授業参観

全学年いっしょにうごく体育のハルは姉にも妹にもなる

ひとりひとり習熟に沿い配られるハルには二年生のさんすう

まなちゃんがヘルプマークを付けていて手帳を取得したかもしれない

わたしの裡にガラスの植物園があり夏の朝には奥までゆける

交流クラスで四年一組へと向かうハルを浮かべて打つキーボード

夏の窓打つ虫たちの音がする午後の手ごわい睡魔のなかで

III

湯上りで切る

秋の空ガラスに映る　文庫本二冊を気分で読み分けている

不器用な花、とオシロイバナを見るなにが同情させたのだろう

〈爪〉の字がシンガポールのあのホテルみたいと気づき湯上りで切る

声をおもいだせるうちは友だちと勝手に決めておもいだす声

秋は声　手風琴へと変わりゆく声のいくつも夢を通して

冬のサンクチュアリ

滝壺の底に潜れば穏やかなように師走の書店を嗅いだ

あたたかくなりそうだけどまだ寒い朝にきれいな卵の白さ

ツバキ科の葉のつやつやと喫煙所を囲んで冬のサンクチュアリよ

ケラリーノ・サンドロヴィッチをケラさんと呼ぶひとと行く芝居あかるし

「ねえ、これは藤棚だよね？」と上を指しそのころに会う約束　淡い

春を待つ足

年の瀬はふしぎと軽いたましいを手押し車で運ぶかのよう

沈黙は降りつもるもの運行が再開されて舞うのが見えて

母親のしろいフォルクスワーゲンがやたらきれいだ元旦の夜の

舞う雪の、傘は要らない嬉しさの、あかるいグレーの　代休だった

信号を渡る園児の一群の後ろをゆくとき春を待つ足

ユトリロ的な

コーヒーとわずかなチョコレートで済ませ出でゆく冬の音の少なさ

線路には誰も踏まない雪がありユトリロ的な彩度を上げる

商談をコメダですれば豆菓子は食べず互いにかばんへ入れて

X に（旧 Twitter）と足すメディアいまだに多く、願望がある

食べ終えた食器はすぐに洗いたい　一輪挿しを好めば晩年

ナインボール

日の暮れが遅くなったとおもわせる帰路透けながらわたしが映る

コブシ咲く商店街に宵の青マクドナルドが余計あかるい

大聖堂《カテドラル》としてスーパー銭湯がわたしにはあり暖簾をくぐる

電気風呂と知らず浸かったひとたちがすぐに立ち去る春の観察

松橋とナインボールをよくしてたその9番の二色をおもう

松橋に姉のいたことその姉のバイクの後ろに乗った日のこと

窓際で好きな布地を話すきみに枇杷の産毛の輪郭がある

春の草花どれも食べられそうでしょう水辺をゆけばきみに触れたい

鏡台にきみしかいないいたそがれを手渡したくもバレッタがない

どこへでもゆける大人であるゆえに見れなくなった夢のいくつか

昆虫が地球に生まれる以前から花はあったか、もうすこし見る

花曇る街あちこちが滲むようで春の初心者みたいに歩く

ずっとねむたい

クアラルンプールで泣いた空港の記憶ぼやけてひかりだけある

眼帯をつけてきたからびっくりした　黒縁メガネと相性よくて

いまもそう、ずっとねむたい。果てしない初夏の葉擦れの音のかさかさ

みずいろのプールの底にキスをするそんな遊びを忘れてしまった

流星群のニュースはいつも後で知る　そういう星の生まれなもので

リョコウバト後の世界

花屋の前を通れば花の匂い　このさみしさとまだ長く付き合う

海のある町で暮らした記憶ごときみに触れればビクッとされる

デパートの七階屋上庭園でとかげを見かけた話がしたい

夏は夏の沈みやすさがあるきみを幼い顔だとおもう朝焼け

おいしくて絶滅したと知らされてリョコウバト後の世界に生きる

魔除けなのかな

品川は無駄にあかるい　京急のほうだけ昏くて意思を感じる

暗渠に立てばこれは静脈だとおもう、海が心臓ならすぐそこだ

泉岳寺から登りゆく魚籃坂《ぎょらんざか》　魚卵坂ならプチプチしそう

ピーコックが坂の入り口と出口のどちらにもあり魔除けなのかな

仏花には向かないらしい百合ひとつ母の名だから父の墓に置く

時間を止める

二年前に買ったギターを弾いてない　掃除機掛けるとき持ち上げる

蟬以外は時間が止まっていたはずの夏の午後撮る証明写真

カツカレーのカツをスプーンで切るときのやればできるはこんな感じか

複雑に散る木洩れ日をすごろくのように歩いて夏だけのこと

通過する貨物列車が終わらないもはや晩夏のさみしさのなか

テ・トワ（Tais-toi）

ささくれを剝いては食べて恥ずかしい記憶の不意によみがえる朝

ミートソースに埋もれて死んだ男ありブラッド・ピットのよぎる昼餉に

テ・トワとは直訳すれば「泥になれ」だけどしずかにしてろという意味

そういえばあなたは数学科だったとフルーツ売り場を撫でる手つきに

すぐに泣くあなたの裡には水草のゆたかに茂る水甕がある

靴ひもを直すあなたを見おろせばマスクがゆえに睫毛は誘う

部屋の蚊を仕留めるために刑事《デカ》の目で我が身をおとりにした夜のこと

どうぶつは図らず種を運ぶもので天国地獄どちらも花咲く

わたしにも種があるな、とおもいつつ湯上りに立つエアコンの下

何年も待てるのが種の良いところ　泥の中にもねむる無数の

麻のシャツでは肌寒い朝がきてケトルかたかた揺らしたくなる

ルバーブのジャムひと匙の透きとおり記憶は秋にきれいにされて

そら想う海

過ちを認めたときの表情を　二度咲きをした金木犀が

漕げば点く自転車ライトの働きを秋の音としてすずしい夜を

毎夜する眼鏡のシャンプー、これがある前の暮らしも流してしまう

靴下を履く父親の老いて見えたことをおもう梨の香に触れ

市川のおじさんからの梨という梨にあふれた晩夏、かつては

電車ではしぜんと瞑る　背に午後の陽を浴びてからそら想う海

（勝浦だ）　家族で毎夏二泊した民宿の名をおもいだせない

旅にでる真夏の朝の乱反射する車こそ父性だったか

訪うたび十分ほどで祭壇がセットされちゃう墓に居る父

五秒だけ手を合わすとき森に撒くことができずに済まないと云う

しずかな恋は良い恋だとも云ったその鳥貴族では知多ばかり飲み

贖いは未来へ向けるしかできずできるのも忘れないことだけ

冬支度

こってりをあっさりで割りこっさりと云うらしいのだ　天下一品

夏が過ぎ日向を選ぶようになるわたしに向日性のあること

冷凍のえびグラタンの表面はいつでも月のつもりで撫ぜる

Quelle《ケ》 est《レ》 votre《ヴォトル》 profession《プロフェション》?　と生業を仏語で問えば指がきれいだ

うつくしい眠気がつづく秋の陽を髪に吸わせるのも冬支度

師走なら師走の

ローズマリーを空き地に見つけわずか挽ぎ匂いと共に日溜まりをゆく

駐車場敷地の広いコンビニを横切る猫のサバンナのよう

ひとりでいるときのわたしを私だとおもう師走に独りで居れば

うずらを食べる地点を決めて取りかかる五目あんかけ焼きそばの夜

熱をだす身体いとしい師走なら師走の戦いかたをするのみ

小青竜湯やや膨らんだ顆粒にてツムラはぜんぶ土の味する

ストールはかつてわたしがあげたものできみとは冬のほうが仲良い

戦《そよ》ぐ、という語の違和感を伝えたく世界のいまを薔薇を見ながら

「南天じゃないの？」と訊けば「センリョウ」とスマホをあてて調べてくれる

人のこころは法律と違うからねって会話に温かいお湯割りが

早起きをするたびに死は近づいて素足でくらい床に降り立つ

みずうみに泳ぐおのれをおもうとき海よりずっと臆病になる

静電気がこわくて甲から触れさせる冬のドアノブ　大丈夫だった

一度だけ見たへその緒の桐箱はいまも呼吸を続けていそう

ななめ差すひかりの窓辺で本を読むひかりが動けばわたしも動く

無職の冬

「大学に行きたかった？」と駅伝を観ながら母へ二日の朝に

いつからと訊かれて急に口ごもる午後、雪が降りそうで降らない

音のない雪　(たとえれば女子だけが体育館へ移動した日の)

カメリアを覆った雪は軽そうで手を冷やしても払う幾つか

外套に両手を入れて歩く夜耳はさみしい穴でしかない

無職の春

売りにゆく本をまとめる夕まぐれふと咲きそうな予感が満ちる

丸の内線が四ツ谷で包まれたひかりを纏う　誘われたゆえ

辞めてからなにしてたのと訊かれてるレジャーシートとシートの継ぎ目

ふたりだけ欠けて流れるカラオケのすべての酒の「水だよね、これ」

〈16〉か〈91〉かも分からない夜に散らばる整理券たち

ガードレールにきつく結われた花束に触れたくなってとどまったけれど

はたらいて家を出なきゃとおもうとき二十五万は星ほど遠い

無職でも春は認める　日差しからまずは厚着を責められている

立ち読みのさなか視界の端にあるまひるの横断歩道、まぶしい

ボラと鯉が一緒に泳ぐ河口にも花筏はありきれいではない

春のさみしさよ架空の祖国へと向かう埠頭にひろがる汽笛

頼りない買い物メモに立ちどまる駅前広場の鳥がうるさい

セーフモード

熱海の夜に窓を開けば嬌声と意外と荒い波音がする

くだるほど水は汚れてゆくもので海を刑務所のように見ていた

思春期にチコに冷たくしたことを内省すべきときおもいだす

疫病と戦争の時代に生きるこころはセーフモードに落とし
いっせいに花のふる駅、ゆうかげに幼くされて実家へ向かう

チコは死に庭に埋められ実をつけぬオリーブの木はその後に植えた

雄だから。雄だけだから実らぬと兄貴みたいな弟は云う

放精のときに震える鮭のように真面目に生きるしかない四月

雑草の名のいくつかを覚えたら川面も土手もかがやいていた

スノーフレーク　そのひと房をきみの耳に掛けてクスクス笑う　輪廻だ

「ハルキウよ。ハリコフじゃない」と云う目の南部と東部が充血している

避難民の毛布十五人分というおすすめされた金額にした

IV

赤服のハードボイルド

ベッドサイドにくわえ煙草で腰掛けてブーツ編み込むサンタクロース

「女にはだらしないのね」「どうだろう」白髭撫でる指を甘噛む

今日はもう戻れないから寝ていろよシャワールームを二度ノックする

ブリザード、ブリザードだよ畜生め凍りそうなラムちいさく呷る

不景気で盗賊もどきが増えやがる退治するのもおれの仕事だ

親指と人差し指を銃にする　おれにこいつを撃たせないでくれ

云ったろう、おれは嘘から出来てると片目失くした子を抱きしめる

フライパンマザーの声も届かないプールの匂いで子らはねむれよ

「なあ、おれもかつては子どもだったんだぜ」まあそりゃそうだと笑うトナカイ

トナカイもおれの身体も歳を取る、必ず一緒に死ぬと決めている

ナビを無視して

気がつけば小説だったというような雨がそのうち本降りになる

口淫のソファーをふたりの方舟にした気になればうす暗い午後

あふれだすシューズボックス、同棲はやがて空気のようにならない

白バイと揉めるはつ夏　裁判でやりましょうかと敵は慣れてる

おれよりも朝早く出て夜も遅い彼女は「好き」に搾られたがる

友が来て三人でただしゃべる日の灰皿アートのような吸いがら

長寿の秘訣をインタビューされながら煙草を二本続けて吸いたい

曇りのち晴れの予報は曇りのち曇りで誰も文句言わない

「地震が来たらここで会おう」と言ってみて別れる予感ばかり残った

踏切が上がりきる前駆け出せば逃げ水ゆれて急に気だるい

シャウエッセンだけずば抜けて高いのはなぜだろうかとまたこの売り場で

フランスパン片手に持てば裏道で脱藩侍みたいな気持ち

カミソリが古びた家の鉢植えの上で錆びてててなんだかこわい

めずらしく親のマツダでやってきた友の機嫌がよくわからない

釣り竿をおれに預けて立ちションをする友しぜんと見張り役なおれ

キャパが撮ったパリ解放の日　歓喜する街になりたい、人じゃなく街に

山車を曳くえんじの法被の輩たち　こんな人生でも良かったのに

吐瀉物をよけて歩けばもしここで転んだ自分を想像している

電車から日暮れをぜんぶ見届けて今日から夏の後半と決める

蚊に刺されやすい自慢も出来なくてムヒも彼女と共に消えてた

誰のためでもない夏を閉じこめたカティーサークの船に乗りこむ
カティーサークの瓶をなぞればここがその喜望峰なの間違いなくて
あと百万貯めたら辞める横顔はコインに彫られたようにクールに

敷金はぜんぶ返してもらいたい　毎日なにかを処分する夏

押し花のように潰れた蚊を挟んだ古本ひとつ、これは売らない

「それは買い取れませんね」と残された蒲団がちいさな国家に見える

眠れない夜が意固地でコンビニへ　そして見つけた羽化をする蟬

冷えてゆく夜の砂場に残されたシャベルがどれもパプリカみたい

多すぎたラー油をお酢で薄めつつ意地でも生きてやろうとおもう

しん、とした朝にこころの水門を開けてくじらを沖へと還す

なぜだろうペペロンチーノの匂いにも郷愁感じる十月晴天

半年だけ住ませてもらう出戻りの実家の照明チカチカしてくる

父が蚊をコップの中に閉じこめたその日をおもいだすなら嵐

治外法権という言葉をおもいだす仏大使館はみんな不機嫌

ちょっと迷ってどちらもレジへ持っていく地球の歩き方と暮らし方

耳と鼻の街だとおもう、アメ横でいちばん赤いスーツケース買う

甘ったるい炭酸色の息を嗅いだ夜の電車で勃起がつづく

週末の礼拝みたいな家事である正座しながらアイロンすれば

夕ぐれにひとり映画を観たあとの街の余所余所しさ心地いい

ナビを無視し続けたまま海へ出た記憶を撫でて眠りたいのだ

V

移動祝祭日

「ご自由に」とあるあめ玉レモンだけ選べば町に慣れた気がした

閉業の近づいているスーパーの棚はスカスカ、戦後のような

都をまたぎ海無し県へゆく朝の串のようなり副都心線

雨だから図書館へゆく長靴の歩きづらさをハルは愉しむ

ディズニーのプリント傘の一部だけ透明だった　お城の窓だ

虹色のＢＯＳＳをいつでも提げながら喫煙所にくる春の後輩

ポータブル将棋で昼を賭けながら土曜出社に慣れていきなよ

花とともに蕊もたくさん落ちてくる二段公園と呼ぶ公園

お友だちとの近づきかたがわからないハルは何度も振りかえるのみ

うつくしい日に手を繋ぐ　本当にふたりきりだとおもってしまった

服を購う悦びのまだあることがうれしい　テラスモールを歩く

でたらめに路地を歩いて川に出れば川に沿いたい初夏のこころは

昼顔がたくさん混じる植え込みの吸われたようにつつじは萎れて

バスケットゴールが庭にある家の親子を眺めｉｆよぎる午後

風薫る窓開けはなつ会議室の七割の手にアイスコーヒー

「レクサス買えちゃいますよ」って後輩のつっこみのほうが面白かった

プールサイドの気だるさがくる遠い濃い夏の日記を読みかえしつつ

なにを聴いてもなにかをおもいだせるからわたしは強い　わたしは弱い

海の日は移動祝祭日だから今年のハルは海の日生まれ

久しぶりにひと口もらうカルピスのその罪深くまた欲しくなる

大病院にコーヒーチェーンがあることのそのときめきよ　続いて欲しい

二歳半くらいの知能ですと告ぐ女医はまっすぐ五歳を見やり

はま寿司へヒメジョオン持ち土手をゆくハルはハエトリグモの跳ねかた

流れくるお椀がすべてＵＦＯな娘よ　アダムスキー型だよ

だとしても。ごく軽度だとぽつぽつと毀れた家族がはま寿司にいる

月一度かつての町へ散髪に行くたび駅でこころ溢れる

涼しくてここは天国、美容師は雑誌のチョイスをいつも間違う

地下なのにスロープがある　何もかも思い通りになんてならない

てんとう虫に手首くるくる上らせてハルもくるくる回る公園

てんとう虫は不味くて捕食されないと知っているけどまだ教えない

水筒を両手で持って空を向くハルに楽器を持たせてみたい

ありふれて云うなら「可能性」だけどそれは鰯のひかりのように

オナモミのとげを最初はこわがってやがて気に入りパパにも付ける

それは別離の、別離のそれは川となる川を渡って家まで送る

足爪を切るそれだけの憂鬱も夏の終わりの部屋だとおもう

湯上りのはだかで観てた虐待死した子のニュースにうごけなくなる

棋士のごとくジブリをみせる順番を組み立てながら眠ってしまった

手を引かれ公園口に消えてゆくハルが振り向く都度手を挙げる

半券で出入り自由な博物館へひとり戻ればさらに涼しい

真夜中の剝製たちはうごいてるかもしれないと大人でもそう

あとがき

『レテ／移動祝祭日』はいわゆる第一歌集と呼ばれるもので、そもそもはじめて出版する本でもあって、短歌と出会った２０１８年夏から２０２４年春までの、およそ6年間に作った内から３７４首を収録している。編年体にはせず、勘と思うところに従って並べた。思うところと言ってもほとんどは季節の法則に従う、というだけなのだけど。

もっと若いころ、誰かとどこかで飲んで、お開きになるとそこから家まであるいて帰ろうとしていた。朝までにたどり着ける場所なら帰れるが、たいていは帰れない場所だったから単に夜をあるく人だった。第一種低層住居専用地域というか、同じ高さの一戸建てが延々と続く住宅地が特に面白かったと思う。縁もゆかりもなく、この先もなさそうな町で、冴えているのは私だけのように感じた。置物や電飾が過剰な家があり、なにか趣味の教室をやっている家があり、遊具の充実した広い公園と遊具の乏しい狭い公園がある。今にして思えば、それはとても「短歌」な時間だったけれど、まだ短歌のことは髪の毛一本分ほども考えたことがなかった。その代わり、どうしてだか、自分は死ぬまでに本を出すだろう、と確信のように思うことはあった。本を読むことは好きだったものの書く習慣はなく、なにひとつ書き上げたこともなく、よくそんなことを考えていたなと思う。小説か、異国滞在記みたいなものか、どうかしたらビジネスの本かもしれない、と巡らせていたが、それが短歌の本であるとはやはりまったく思わなかった。

青年期を過ぎて短歌と出会ったことについて、どうして今まで出会わなかったのかと不思議に思うことはある。それでも出会ったのだし、出会った以上は、そんなに簡単には棄てられない齢になっていた、とも思う。第一歌集、と口にするのは恥ずかしい。まるで次があるようだから。次は、わからない。でも短歌そのものは続けていく気がしている。

刊行にあたって、書肆侃侃房の田島安江さんと兒﨑汐美さん、装幀をしていただいた花山周子さんと毎日のようにメールのやり取りをして、たくさん我儘を聞いていただきました。自分らしい本に仕上がったように感じ、心からお礼申し上げます。そして、短歌を通じて友達になれたり知り合えたすべての人にも。ありがとうございます。

2024年6月

小俵鱚太

■著者略歴

小俵鱚太（こたわら・きすた）

1974年12月生まれ。横浜市在住。
2018年8月に短歌と出会う。「短歌人」、「たんたん拍子」所属。
第二回笹井宏之賞長嶋有賞受賞。

歌集　レテ／移動祝祭日

二〇二四年七月十五日　第一刷発行

著　者　小俵鱚太
発行者　池田雪
発行所　株式会社 書肆侃侃房（しょしかんかんぼう）
〒八一〇－〇〇四一
福岡市中央区大名二－八－十八－五〇一
TEL：〇九二－七三五－二八〇二
FAX：〇九二－七三五－二七九二
http://www.kankanbou.com info@kankanbou.com

装幀・装画　花山周子
編　集　田島安江、兒﨑汐美
ＤＴＰ　黒木留実
印刷・製本　シナノ書籍印刷株式会社

ISBN978-4-86385-631-8　C0092